[. . .]

MORISKEN
VERLAG MUENCHEN

[...]
gap (gæp), subst.

tobias hofferbert
peter kulak

und ich öffnete meine hose und ich wusste,
es wird kein, kein gutes ende nehmen.

right?

24

wrong.

you can't do that.

wrong.

tobias hofferbert, geboren 1985 in stuttgart,
lebt seit 2007 in wien und ist studierter
publizistik- und kommunikationswissenschafter.

peter kulak, geboren 1984 bei stuttgart,
lebt seit 2007 in wien und hat dort publizistik-
und kommunikationswissenschaft studiert.